Nota para los padres y encargados:

Los libros de *Read-it!* Readers son para niños que se inician en el
maravilloso camino de la lectura. Estos hermosos libros fomentan
la adquisición de destrezas de lectura y el amor a los libros.

 El NIVEL MORADO presenta temas y objetos básicos con palabras
de alta frecuencia y patrones de lenguaje sencillos.

 El NIVEL ROJO presenta temas conocidos con palabras comunes
y oraciones de patrones repetitivos.

 El NIVEL AZUL presenta nuevas ideas con un vocabulario más amplio
y una estructura gramatical más variada.

 El NIVEL AMARILLO presenta ideas más elevadas, un vocabulario
extenso y una amplia variedad en la estructura de las oraciones.

 El NIVEL VERDE presenta ideas más complejas, un vocabulario más
variado y estructuras del lenguaje más extensas.

 El NIVEL ANARANJADO presenta una amplia de ideas y conceptos
con vocabulario más elevado y estructuras gramaticales complejas.

Al leerle un libro a su pequeño, hágalo con calma y pause a menudo
para hablar acerca de las ilustraciones. Pídale que pase las páginas y que
señale los dibujos y las palabras conocidas. No olvide volverle a leer los
cuentos o las partes de los cuentos que más le gusten.

No hay una forma correcta o incorrecta de compartir un libro con los
niños. Saque el tiempo para leer con su niña o niño y transmítale así
el legado de la lectura.

Adria F. Klein, Ph.D.
Profesora emérita, California State University
San Bernardino, California

Managing Editor: Catherine Neitge
Creative Director: Terri Foley
Editor: Patricia Stockland
Designer: Jaime Martens
Page production: Picture Window Books
The illustrations in this book were prepared digitally.
Translation and page production: Spanish Educational Publishing, Ltd.
Spanish project management: Jennifer Gillis/Haw River Editorial

Picture Window Books
5115 Excelsior Boulevard
Suite 232
Minneapolis, MN 55416
877-845-8392
www.picturewindowbooks.com

Printed in the United States of America.

Library of Congress Cataloging-in-Publication Data
Rau, Dana Meachen, 1971-
[I am in charge of me. Spanish]
Yo me encargo / por Dana Meachen Rau ; ilustrado por Shirley Beckes ; traducción,
Sol Robledo.
p. cm. — (Read-it! readers)
Summary: A boy recounts the many things in his life that he is responsible for.
ISBN-13: 978-1-4048-2672-4 (hardcover)
ISBN-10: 1-4048-2672-6 (hardcover)
[1. Responsibility—Fiction. 2. Self-perception—Fiction. 3. Self-confidence—Fiction.
4. Spanish language materials.] I. Beckes, Shirley V., ill. II. Robledo, Sol. III.
Title. IV. Series.

PZ73.R2855 2006
[E]—dc22
                                                                    2006003597

Yo me encargo

por Dana Meachen Rau
ilustrado por Shirley Beckes
Traducción: Sol Robledo

Con agradecimientos especiales a nuestras asesoras:

Adria F. Klein, Ph.D.
Profesora emérita, California State University
San Bernardino, California

Rosemary G. Palmer, Ph.D.
Department of Literacy, College of Education
Boise State University

PICTURE WINDOW BOOKS
Minneapolis, Minnesota

Me encargo de mí mismo.

Me encargo de mi ropa.

7

Me encargo de mi cama.

9

Me encargo de mi mochila.

Me encargo de la fila.

Me encargo de mis libros.

SILENCIO,
POR FAVOR

15

Me encargo de mis mitones.

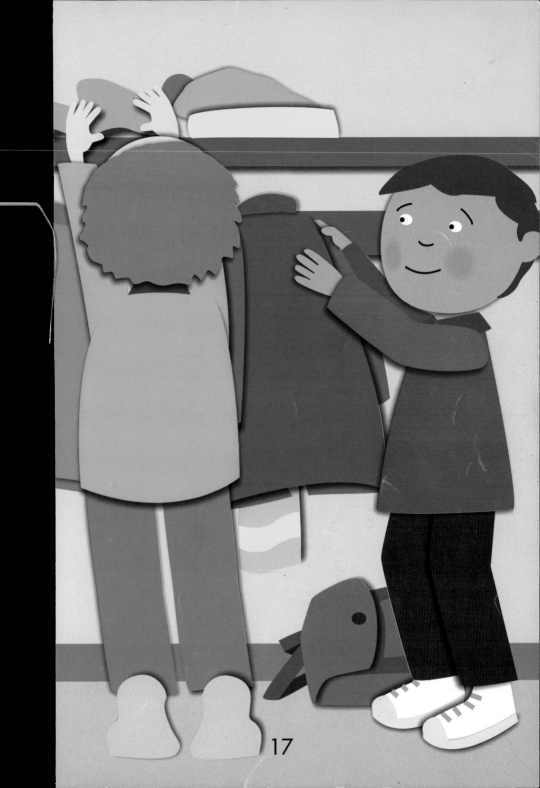

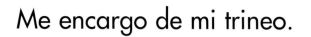

Me encargo de mi trineo.

Me encargo de mi chaqueta.

21

Me encargo
de mis peces.

23

Me encargo de la mesa.

24

Me encargo de mis dientes.

Me encargo de mis juguetes.

29

¡Yo me encargo de mí mismo!

Más *Read-it!* Readers

Con ilustraciones vívidas y cuentos divertidos da gusto practicar la lectura. Busca más libros a tu nivel.

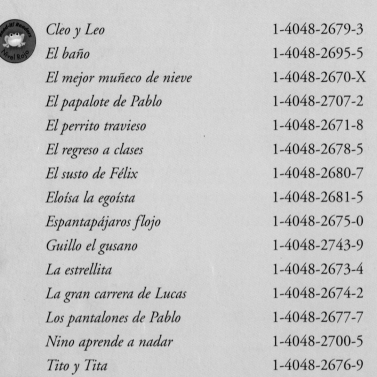

Cleo y Leo	1-4048-2679-3
El baño	1-4048-2695-5
El mejor muñeco de nieve	1-4048-2670-X
El papalote de Pablo	1-4048-2707-2
El perrito travieso	1-4048-2671-8
El regreso a clases	1-4048-2678-5
El susto de Félix	1-4048-2680-7
Eloísa la egoísta	1-4048-2681-5
Espantapájaros flojo	1-4048-2675-0
Guillo el gusano	1-4048-2743-9
La estrellita	1-4048-2673-4
La gran carrera de Lucas	1-4048-2674-2
Los pantalones de Pablo	1-4048-2677-7
Nino aprende a nadar	1-4048-2700-5
Tito y Tita	1-4048-2676-9

¿Buscas un título o un nivel específico? La lista completa de *Read-it!* Readers está en nuestro Web site: *www.picturewindowbooks.com*